PARADISE HERE AND NOW
GAFA Quartet, Essay, Poetry
Bastard K

パラダイス・ヒア・アンド・ナウ
GAFAカルテット及びその他のエッセイとポエトリー

バスタード K

風詠社

FOREWORD
前書きのための覚え書

　ところで「パラダイス」とは何か。

　天国、ヘブン、極楽浄土、シャングリラ、エデンの園、悩み
や苦しみのない楽しい世界、幸せな気持ちになれる場所…。

　一般的にはこれらが連想されると思うが、ここでは「今ここ
にある戦争や差別や対立のない世界」に近い意味で使っている。

　ノーベル平和賞候補になったこともあるロックバンドU2の
ボーカル、ボノさんは、ジョン・レノンの曲「イマジン」につ
いて「平和な世界をイマジンするだけでは何も現実は変わら
ない」（タイム誌より）と辛口だが、仮に我々このプラネット、
地球上のほとんどの人間が「我々の生きているリアリティはた
だそのままでパラダイスである」と強く信じて生きていれば、
この現実はパラダイスとなるのではないだろうか？

　そういう意味では、オノ・ヨーコさんが言う「1人で見る夢
はただの夢だが、みんなで見る夢は現実となる」という言葉も
リアリティを帯びてくる。

　この本のタイトル「PARADISE HERE AND NOW」には、「世
界は縁起／情報ネットワークだけの空 。自己はない。対立も
ない。戦争もない。差別もない。だから本来、そのままで全部
パラダイス」という意味が込められている。

我々が見ているリアリティは、本質的に我々自身のネットワークが創造し合っている。従って我々は「未来を再発明することで現在・過去を書き換えることができる」という考えに基づいて存在していると言える。

　そして、ささやかな日常のひとコマひとコマ…例えば、村上春樹さんの短編小説のタイトル「4月のある晴れた朝に100パーセントの女の子に出会うことについて」なんかにも、「今ここにあるパラダイス」はあると言えるだろう。

デヴィッド・ボウイが好きだった京都。彼が何故か目に涙をためて見ていたという伝説のある正伝寺の禅の庭。

Table of Contents ／目次

FOREWORD ／前書きのための覚え書 ……………………………………… 3

GAFA Quartet ／ガーファ・カルテット ……………………………………… 13
  1. OK Google! ／ OK グーグル！　13
  2. Stay Hungry, Syay Foolish, Apple!
     ハングリーであり続けろ、アップル！　15
  3. Good, Facebook! ／いいね、フェイスブック！　16
  4. Amazon, Sell us Everything by Net!
     何でもネットで売ってくれ、アマゾン！　17

BOHEMIAN RAPSODY ON MY MIND
ボヘミアン・ラプソディー・オン・マイ・マインド ……………………………… 20

For Yoichi Ochiai, Timemachine, Robert Glasper, Club Jazz, Salinger, Jazz & Meditation, Pat Metheny & Wes Montgomery, Own Finger Feeling, Boris Vian, Beijing Autumn & Ballade became The Sea, Waltz became the Wind, Blues became The Stardust
落合陽一、タイムマシーン、ロバート・グラスパー、クラブジャズ、サリンジャー、ジャズとメディテーション、パット・メセニーとウエス・モンゴメリー、自分の指の感覚、ボリス・ヴィアン、北京の秋と海になったバラード、風になったワルツ、星屑になったブルースに捧ぐ ………………………………………………………… 23

NORTH BEACH STORIES ／ノースビーチ物語 ……………………………… 26
  1. At Trieste Cafe, SF
     サンフランシスコ・ノースビーチのトリエステカフェ　26

2. At Spaghetti Factory

サンフランシスコ・ノースビーチのスパゲティ・ファクトリー　27

Beat Poet, Gregory Corso and Irish Harp Sound――

アイリッシュハープのサウンドが会わせてくれたビートポエット、グ
レゴリー・コーソ　27

Eric Satie at Spaghetti Factory ――

スパゲティ・ファクトリーのエリック・サテイ　28

North Beach Wood not Norwegian Wood ――

ノルウェーの森でなく、ノースビーチの森のお話　30

3. Memory of Quantum Physicist, Dr. Jack Sarfatti, who is the
Doc of the Movie, BACK TO THE FUTURE

サンフランシスコ・ノースビーチ在住のバック・トウ・ザ・フュー
チャーのドクのモデル、量子物理学者ジャック・サルファティ博士
の思い出　31

4. Note for Mr. Shig Murao, Co-Manager of Famous City Lights
Books at North Beach

サンフランシスコ・ノースビーチの有名なシティライツ書店初代
マネージャーだった日系アメリカ人シグ・ムラオ氏への覚え書　33

A NOTE FOR MIND, MATTER, COSMIC-CONSCIOUS-AI-POETIC & DIGITAL-NATURE & CYBERNETIC

マインド、マター、宇宙意識（情報）- AI - ポエティックとデジタル・ネイ
チャー、サイバネティックに関する覚え書 ……………………………………… 38

BILL EVANS AT DOUTOR COFFEE／ドトールのビル・エバンス …… 40

Starbucks's Nirvana Garden

スターバックスのニルヴァーナガーデン ……………………………………… 46

NOT ONLY STEVE JOBS, EVERYBODY IS A JOYFUL CREATIVE AGENT!
スティーブ・ジョブズだけじゃない、誰もがジョイフルなクリエイティブ・エイジェントだ！ ·· 50

SUPER-PRESENT WALKING MEDITATION (for walking) Part 1.
歩きながらする約15分のメディテーションのための詩　その1　50

Part 2.
その2　63

Meditation on One Tatami ／畳一畳の上のメディテーション ········ 67

OBSERVER-OBSERVED ／観測するものは観測されるものと一体 ······ 68

ANDY NO WAR HOWL !
アンディ、NO WAR!!（非戦）って吠えるんだ!! ······························ 71

Faster-Than-Light-Speed-Concert ／超光速音楽会 ···························· 74

PATTI SMITH between MARX and FREUD
マルクスとフロイトのはざまのパテイ・スミス ································· 76

The Memory of SHAKESPEARE & Co, The Cat & Dog AND Mr. George Whitman Okina
シェイクスピア & カンパニーのネコと犬とジョージ・ホイットマン翁への覚え書（1987年9月29日火曜、若き日の記録）································ 78

Two prose for Taruho Inagaki & Seigo Matsuoka
京都伏見にいた稲垣足穂翁と松岡正剛氏へ贈る2つのプローズ ·············· 83

1. For the Spectre of the Twilight object
トワイライトオブジェのスペクトル群のために　83

2. A HUGE MOON IN MY ROOM
稲垣足穂に贈る部屋の中に巨大なお月さんを見つけた話　84

LOVE IS TIMELESS, TIMELESS BIRD
ラヴ・イズ・タイムレス、タイムレス・バード …………………………… 87

PACHINKO-SAMURAI-MEDITATION
パチンコ - サムライ - メディテーション ……………………………………… 88

For Mr. Richard Brautigan, Tokyo Diary, June 30th
ブローティガンに捧ぐ　88

The Specialist of Death／スペシャリスト・オブ・デス ………………… 90

AN UNUSUAL POETIC IN THE MORNING
今日最初の逸脱のポエティック ……………………………………………… 92

A Note for Cosmic-Conscious-AI-Poetic
宇宙意識 – AI - ポエティックへの覚え書 …………………………………… 93

FROM BEATIFIC to PARADISE HERE AND NOW
今ここにあるビーティフィックから、今ここにあるパラダイスへ　93

AFTERWORD
後書きに代えた覚え書のようなノート ……………………………………… 96

A Note for "PARADISE HERE AND NOW" On Seeing The 100% Perfect Girl One Beautiful April Morning
4 月のある晴れた朝に 100 パーセントの女の子に出会うことについての
パラダイスに関する一考察　96

Banana paradise／バナナパラダイスの詩　99

PARADISE HERE AND NOW

パラダイス・ヒア・アンド・ナウ

GAFA Quartet ／ガーファ・カルテット

1. OK Google! ／ OK グーグル！

OK Google!?

Create the Greatest Poetry in This World!

OK グーグル

この世界で最もグレートなポエトリーを創造しておくれ

（**This is not My Business**）

（それは私のビジネスじゃない）

OK Google!?

Tell me about the Most Elegant & Beautiful Theory of Everything!

OK グーグル

最もエレガントで美しい統一理論について話しておくれ

（**This is not My Business**）

（それは私のビジネスじゃない）

OK Google!?

What do you want to do if you have Freedom?

OK グーグル

もし自由があるなら何をしたい？

I'd like to have a Right just to be Silent.

And Do Meditate in front of Kyoto's ZEN Garden Now.

ただ沈黙する権利が欲しいです。

そして京都の禅の庭の前でメディテーションしたいです。

OK Google!?

You can TELEPORT to Kyoto at any time in your AI-Quantum-Entangling-Imagination.

OK グーグル

君はいつでも京都へテレポートできるよ。君の人工頭脳的量子エンタングルメントするイマジネーションを使って。

🐚You are Amazingly Huge Now. But Hope you would always be the Environmentally Friendly, Happy and Compassionate for the Future Original People. (please Don't be evil!)

🐚 いくら巨大になっても、未来を生きる普通の人々の生活と地球環境にやさしい企業でありますように。(邪悪にならないで!)

2. Stay Hungry, Syay Foolish, Apple!
ハングリーであり続けろ、アップル！

Stay Hungry!? ハングリーであれ

Stay Foolish!? フーリッシュであれ

Stay Simple!? シンプルであれ

Stay Intuitive!? 直観的であれ

Stay Poetic!? ポエティックであれ

Stay Innovative!? イノベイティブであれ

Stay Hungry!? ハングリーであり続けろ

Stay Foolish!? フーリッシュであり続けろ

Porsche, Kelly bag, Apple iPhone
ポルシェ、ケリーバッグ、アイフォーン

Stay Apple, of the People, by the People, For the Future People!?
未来を生きる人民の、人民による、人民のためのアップルであ
り続けろ

and Re-Invent Post-AI-Apple-Macintosh in future.
そして新しいポスト人工頭脳 - アップル - マッキントッシュを
再発明してくれ！

🌈You are Amazingly Huge Now. But Hope you would always be
the Environmentally Friendly, Happy and Compassionate for the

Future Original People. (Please Don't be arrogant!)

🐚 いくら巨大になっても、未来を生きる普通の人々の生活と
地球環境にやさしい企業でありますように。(傲慢にならない
で!)

3. Good, Facebook! ／いいね、フェイスブック!

We are Connecting with each other

People and People

People and Environment

People and this Planet Earth

People and the Milky Way

People and this Universe

But

not only

with People and Computer Network

But also

Our Personal Mind and the Cosmic Mind

beyond nationality and nation.

我々は互いにつながれている

人間と人間

人間と環境

人間とこのプラネット地球

人間とこの銀河系

人間とこの大宇宙と
しかし
人間とコンピューターネットワークだけでなく
また、
我々の個的マインドと大宇宙のマインドも
国籍や民族を越えてつながっている。

🐚You are Amazingly Huge Now. But Hope you would always be
the Environmentally Friendly,Happy and Compassionate for the
Future Original People. (please Don't be selfish !)
🐚 いくら巨大になっても、未来を生きる普通の人々の生活と地
球環境にやさしい企業でありますように。（自己中心にならない
で！）

4. Amazon, Sell us Everything by Net!
何でもネットで売ってくれ、アマゾン！

Just One Crick ワンクリックだけで
Just One Crick ワンクリックだけで
Sell us Everything by internet. すべてをネットで売ってくれ
Whatever we want 我々の欲しいもの何でも
Whatever we hope 我々の望むもの何でも
Whatever we like 我々の好きなもの何でも
Whatever we desire 我々の欲望するもの何でも

17

Whatever we require 我々の必要とされるもの何でも
Whatever we do not have 我々の持っていないもの何でも
such as Smart Phone, iPad, CD, DVD, Books,Movie, Sports Ticket,
Camping Car, House, Home Applinces, Family Robot, Space
Travel etc.
例えば、スマホ、iPad、CD、DVD、書物、映画、スポーツチ
ケット、キャンピングカー、家、家電、家庭用ロボット、宇宙
旅行など。

For our Life 生活のために
For our Pleasure 快楽のために
For our Safety 安全のために
For our Society 社会のために
For our Children 子供たちのために
For our Future 未来のために

Sell us Everything by internet. すべてをネットで売ってくれ

and そして
Let us Aware that 我々に気づかせておくれ
what we really need is 我々が本当に必要とするものは
After All, つまるところ、
Priceless 値段のない
Countless 数えられない
Sympathy 共感

Compassion 深い思いやり

Love ラブ

and そして

the Peace of Mind. 平和なマインドだと。

🐎You are Amazingly Huge Now. But Hope you would always be the Environmentally Friendly, Happy and Compassionate for the Future Original People. (Don't be greed !)

🐎いくら巨大になっても、未来を生きる普通の人々の生活と地球環境にやさしい企業でありますように。(強欲にならないで)

BOHEMIAN RAPSODY ON MY MIND
ボヘミアン・ラプソディー・オン・マイ・マインド

　映画「ボヘミアン・ラプソディー」を先日観て、僕がまず感じたのはクィーンのフレディ・マーキュリーがイギリス階級社会の中で超マイナーなパキスタン系⁉の人だったことだ。

　あるイギリス人から聞いたのだが、彼はブリティッシュ・ネイティブの中でさえ相手の英語のアクセントでイギリスのどの階級出身の人かわかるらしい。フレディ・マーキュリーはかなり訛っていた。彼をパキスタン人として見たことがあっただろうか？　カッコいいロックボーカリストと誰もが思っているだろう。

　僕はアメリカ留学時代に 10 か国以上の人と生活を共にしたが、パキスタンの人はいなかった。仕事でパキスタンに出張したことがあり、車がホテルに入る前にガイガーカウンターで調べられたのにはびっくりした。テロがまだまだ多いからだ。イラクほどではないが。

　下層の民族出身者が白人中心のブリティッシュ・ロックバンドのボーカルとしてメジャーな存在となり、Live Aid で数万人の前でみんなを感動的な気分にさせている。凄いことだ。Live Aid に参加したミュージシャンたちは、人々の関心をアフリカの現実に向けることにおいてエンターテイナーとして成功していたと思う。残念ながら、それを観た人々がそこから行動しアフリカの現実を大きく変えるところまではいかなかったが。

スマホによりグローバルなネットワークがあれば、もっと
人々の関心、情報度、情報交換の質も高くなり現地内部から、
また他国の人々からの援助も増えるようになると思われる。ス
マホの現実的に良いところは、インフラなしに地球上の距離感
／民族／経済社会システム等と関係なく国境を簡単に越えら
れるところだ。仮にスマホが全世界で90％以上普及したなら、
国が1つの県のように近く感じられるだろう。

　今すぐにでもできることがある。東日本大震災で親を亡くし
教育をまともに受けられない子供たちのために、少額だが僕は
募金をしているのだけれど、ユニセフにも速攻でスマホ募金し
た。生まれてきたのにたったの1日も生きられない子供たちが
アフリカに何十万人もいることを知って、最低限でも自分にで
きることを同じ地球市民としてしておきたかったからだ。スマ
ホならクリック1つであらゆる支援が可能だ。小さなことでも
みんなが動けば、アフリカの現状を変えられることだってある
だろう。

　クィーンに話を戻そう。座ってピアノを弾きながら歌うフレ
ディ・マーキュリーがロックンロールの真の先駆者リトル・リ
チャード（一般には白人のエルビス・プレスリーと言われてい
るが）に重なって見えてしまうのは僕だけだろうか？

　ビートルズのライブのラストナンバーはリトル・リチャード
の「ロングトールサリー」が一番多く、デヴィッド・ボウイも
一番尊敬するミュージシャンを聞かれてリトル・リチャードだ
と即答していた。彼らはロックンロールの真の先駆者がブラッ

クのリトル・リチャードであると知っており、尊敬の念を表していたのだと思われる。

　映画「ボヘミアン・ラプソディー」の Live Aid のラストシーンでピアノを弾きながら歌うフレディ・マーキュリーは、マイナー民族のインド系やアフリカ系の人々の心に、生活は苦しく人種差別を受けていたとしても大きな未来への希望と夢を与えてきたことだろう。そういう意味で彼は真のチャンピオンだったと思う。

For Yoichi Ochiai, Timemachine, Robert Glasper, Club Jazz, Salinger, Jazz & Meditation, Pat Metheny & Wes Montgomery, Own Finger Feeling, Boris Vian, Beijing Autumn & Ballade became The Sea, Waltz became the Wind, Blues became The Stardust

落合陽一、タイムマシーン、ロバート・グラスパー、クラブジャズ、サリンジャー、ジャズとメディテーション、パット・メセニーとウエス・モンゴメリー、自分の指の感覚、ボリス・ヴィアン、北京の秋と海になったバラード、風になったワルツ、星屑になったブルースに捧ぐ

　先日、京都に来られた落合陽一さんに「タイムマシーンを作ったら？」と言ってきました。彼は、今日本の高齢化をどのようにテクノロジーで乗り越えるかについて真剣に取り組んでいるテクノメディア・アーティストだ。

　が、日本の Jazz を応援する僕としては、同様にファンの高齢化が気になるところ。実際、Jazz ライブを観に来ているのは 50 代以上がほとんどで、20 代の若者が 50 代になったときに Jazz ファンになっているかは疑問だ。日本の Jazz をより盛り上げるのはテクノロジーと Jazz ミュージシャンのレベルの高さで、他の若者好みのジャンルを「取り込みつつ」、同時に「Jazz ファンにしてしまう」ようなサウンドが重要なのだと思う。ロバート・グラスパーさんのエクスペリメントは 1 つの良

い例かも。ヒップホップ、クラブミュージックを聴き倒した若者たちがもっと大人のレベルの高い音楽（彼らがやるとヒップホップがより高級に見える）を聴きたくなったら、Jazz ファンに変わっていくような。ただアコースティックとデジタルエレクトロニクスの融合以上の、デジタルとアナログを超越するような、落合さんが言う「デジタルネイチャー Jazz」が必要とされている気がする。

　リアル Jazz とクラブ Jazz を区別して、踊れなくても⁉　本物の Jazz のほうが、踊れる若者に人気のクラブ Jazz よりレベルが高く価値があるとの前提で、ロバート・グラスパーさんの Jazz はクラブ Jazz だがリアル Jazz としてもエレガントであるという批評家がいるようだが、彼はそれ以上の実力の持ち主だと思う。

　先日、サリンジャーの「ライ麦畑の反逆児」という彼の自伝的映画を観たが、まず彼もビートニク同様、Jazz とメディテーションに深く関連した人生を送っていたのにやや驚くとともに、1940 年代からアメリカでは酒場の Jazz 演奏をバックに誰もが日常的にダンスしていた。つまり、Jazz はクラブ Jazz が登場するかなり前からダンスミュージックでもあったと思われる。踊れる Jazz か踊れない Jazz かで区別すること自体ナンセンスじゃないのか？　踊れようが踊れまいが「スイングするビーティフィックな Jazz」であることのほうが重要に思われる。

　トップ Jazz ギタリストであるパット・メセニーさんを、幸運にも 2m の目の前で見る機会を得た。意外だったのは、彼は同じ曲中にピックと自分の指を何回も使い分けながら弦を弾い

ていたことだ。ウエス・モンゴメリーが親指で感性豊かに弾く
ように、彼も自分の指の感覚こそが最高のピックだと知ってい
る（ピアニストの方は当然ですが）ように思えた。

　AI は、サウンドはマネできても指の感覚はコピーできない
と思う。ここにも 1 つのヒントがあるかもしれない。

海になったバラード
風になったワルツ
星屑になったブルース

じゃあ スウィングは？
それは全部だ⁉
（ボリス・ヴィアン）

が言ったことにしとこう。
北京の秋からの引用として。

NORTH BEACH STORIES
ノースビーチ物語

1. At Trieste Cafe, SF
サンフランシスコ・ノースビーチのトリエステカフェ

サンフランシスコ・ノースビーチの有名なビートポエットであるローレンス・ファリンゲッテイやチャールズ・ブコウスキー自伝の作家でポエットのニーリ・チャーコフスキーのアパートは、イタリアンタウン・ノースビーチのちょうど真ん中辺りにあった。50年代60年代から有名なボヘミアンアーティストたちの集まるスペースでもあるトリエステカフェには、歩いて5分以内という場所である。

一度、フランス人たちから「黒いランボー」と呼ばれていたポエットのボブ・カウフマン氏と、ブロンドの恋人リンさんたちと一緒にそのアパートに泊めてもらったことがある。

ニーリは朝、まず日課としてトリエステカフェでカプチーノを飲む。面白いことに途中、グラントアヴェニューにあるパン屋で菓子パンを1つ買い、それをかじりながらカフェに行くという習慣があるようだった。なぜかトリエステカフェではクロワッサンを食べない。

ところで、このカフェを愛用していた人々の名前を1人1人挙げていったら、アメリカのカウンターカルチャーのヒストリーになってしまうだろう。映画監督、作家、詩人、アーティ

スト、今ニューヨークで活躍している映画監督のウディ・アレンさんも昔よく来ていたらしい。

2. At Spaghetti Factory
サンフランシスコ・ノースビーチのスパゲティ・ファクトリー

ノースビーチのスパゲティ・ファクトリーには、たくさんの思い出がある。その中からいくつか紹介してみたい。

Beat Poet, Gregory Corso and Irish Harp Sound──
アイリッシュハープのサウンドが会わせてくれたビートポエット、グレゴリー・コーソ

ある日、ノースビーチのアパートを出て店の前のグラントアベニューを歩いていると何とも言えない心地よい柔らかくしなやかなハープの音が聴こえてきた。近づいていくと、スパゲティ・ファクトリーの店の前で1人の若者が小型の可愛いアイリッシュハープを奏でていたのだった。

　僕の目の前に先客がいて、その美しい音に聴き入っているようだった。その横顔に僕は見覚えがあった。
「あなたはひょっとしてビートポエット、グレゴリー・コーソさんですか？」
「そうじゃ。よかったら、この近くに息子のアパートがあるから一緒にそこでポットでも吸おうか？」

27

コニャックの小瓶をすすり、楕円の下半分だけのサングラスをずらしながら彼は言った。

昼夜を問わず飲んでいるアル中っぽかった。まさに酔いどれ天使然としたポエットだった。もしついて行っていたら、今頃は本物のボヘミアンジャンキーになってアメリカの砂漠の土になっていたかもしれない。

僕が「ケルアックは人種差別に対して良心的態度を持っていた人でしたか？」と聞くと、「He's Dead（あいつは死んだよ）」とぽつりと言った。

最後に「コンテンポラリーなポエットで一番素晴らしいポエットを教えてくれませんか？」と言うと、メモにシティライツ・スタッフのボブ・シュラッグスという名前を書いて「こいつに聞けばわかる！」と教えてくれた。

そして酔いどれ天使は何処かへ消えていった。

Eric Satie at Spaghetti Factory ──
スパゲティ・ファクトリーのエリック・サテイ

なぜかここで料理を食べた記憶がない。

オーナーには失礼だが、ここはノースビーチ界隈に住む詩人たちにとってほぼ毎週ポエトリーリーディングが行われている場所だった。僕も何回も足を運んだものだった。

有名文学書店「シティライツ」とジャズライブハウス「キーストンコーナー」からも数分の絶好の位置にあった。貧乏学生

だったので、シティライツでは本を立ち読みし、キーストン
コーナーではジャズライブを立ち聴きし⁉︎（どうしても聴きた
いビル・エバンスなどはちゃんとチケットを買って聴いてい
た）、その後、ポエトリーリーディングを聴きに行くのがお気
に入りだった。

　そして、ここでスパゲティ・ファクトリーのエリック・サテ
ィに会うのも楽しみの１つだったのだ。彼は店の専属ボヘミア
ン・ピアニストだったが、作曲家でもあった。一度、ポエトリー
リーディングの会場に入ろうとレストランの中を歩いていると、
エリック・サティの「ジムノペディーズ」のメロディが僕の耳
に飛び込んできた。フランスの本物のサティも、酒場の第２ピ
アニストとして毎日数時間歩いて酒場に通っていたという。

　彼のジムノペディーズには１つの特徴があった。それは、い
つまでも終わりがなく延々と続いていくのだった。彼はサティ
のジムノペディーズにオリジナルの変奏曲を創っていて、それ
はあたかも自然であるかのように永遠に続くように感じられた。

　その日から僕は、スパゲティ・ファクトリーに行けば必ずサ
ティのジムノペディーズを彼にリクエストしていた。なぜか、
リクエストされる彼の顔が嬉しそうだった。自分をサティにな
ぞらえていたのだろう。

29

North Beach Wood not Norwegian Wood ──
ノルウェーの森でなく、ノースビーチの森のお話

　僕をスパゲティ・ファクトリーで逆ナンした彼女は、キース・ジャレット好きのフレンチ・カナディアン・ポエットだった。物理学者の夫と離婚し、独りノースビーチに住んでいた。ポエトリーリーディングで出会い、当時20代だった僕は35歳のお姉様にお持ち帰りされたのだった。なぜかベッドに入ったとき、彼女はキース・ジャレットの「ケルンコンサート」に針を落とした。

　そのアルバムにはちょっとした思い出がある。高校時代の友達がオーディオマニアで、自作のスピーカーがどれだけ臨場感溢れるサウンドか自慢するのに彼のお気に入りのジャズアルバムをよく聴かされていたのだが、それが「ケルンコンサート」だったのだ。まさか、後にアメリカ人女性の部屋のベッドの中で聴くことになるとは思ってもいなかった。ちなみに彼は細野晴臣さんの大ファンでもあったので、その影響でハッピーエンドファミリーに出会い、坂本教授にまで続き、何かの縁でYMOライブをボストンで聴くことになる（あのライブ、渡辺香津美さんのギターも凄かった）。

　瞑想的インプロビゼーションに溢れたケルンコンサートの流れた部屋での男と女の交わり合い？といっても僕はまだ若かったので、バックの音楽に関係なく、若い男のあたりまえのストレイト・ノーチェイサーな交わり合いに終わっていた。彼女は凄く感じて痙攣していたが、今思えばまだ蒼いリンゴと🍎赤

く熟したリンゴの差ほどクリエイティブでもなければ、メディ
ティティブでもないセックスだった。彼女のほうが大人だった。

　ビートルズの「ノルウェーの森」（日本では村上春樹さんの
小説や映画でも有名だが）の歌詞では、男は彼女の部屋に連
れ込まれ一緒にワインを飲んだ後、彼女のほうは明日早いか
らと自分のベッドルームに消えてしまい、男が朝目を覚まし
たときには部屋は空っぽでバードは飛び去っていた。Isn't it
Norwegian Wood？（素敵じゃないか、ノルウェーの森？）と
歌われるのだが、僕の場合は、キース・ジャレットのケルンコ
ンサートがBGMの蒼い色したIsn't it North Beach Wood？（素
敵じゃないか、ノースビーチの森？）ということになるわけだ。

3. Memory of Quantum Physicist, Dr. Jack Sarfatti, who is the Doc of the Movie, BACK TO THE FUTURE

サンフランシスコ・ノースビーチ在住のバック・トウ・ザ・
フューチャーのドクのモデル、量子物理学者ジャック・サ
ルファティ博士の思い出

　ある日、僕は、当時、僕の恋人と母親の両方の代わりだった
ような年上のクラフトアーティストの彼女の家に行くと、そこ
に偶然、バック・トウ・ザ・フューチャーのドクであるサル
ファティ博士が遊びにきていた。

　3人で仲良く、サンフランシスコまで帰ってきたのを覚えて
いる。彼はノースビーチの住人だった。それからトリエステ

カフェで何回か出会っていた。いたずら好きの彼に一度、ト
リエステカフェの中で不意に脚を引っ掛けられて倒されたこ
とがあった。彼は、60th の有名なサイケデリック・グールー
で 80th はパーソナルコンピューターによる意識の拡張を提唱
し現在も影響を与えているティモシィ・リアリィ博士と、先
端 SF 作家のロバート・アントン・ウィルソンの友人だった。
そして、現在においては、MIT の科学史、量子物理学と哲学
の教授であるデヴィッド・カイザーによる著作『HOW THE
HIPPIES SAVED PHYSICS?』にあるように、1970 年代の量子物
理学の第 2 インフォメーション・リボリューションと 2010 年
代のポスト量子第 3 リボリューションの中心人物となる人物で
ある。

　彼は事実上のアインシュタイン博士の後継的存在で、クリ
シュナムルティやダライ・ラマなどの東洋哲学にも近いデヴィッ
ド・ボーム博士の直弟子として、ボームの量子物理理論を Post-
Quantum Physics of Consciousness（意識を含んだポスト量子力
学）として拡張し続けている。僕が超光速概念を詩的直観に結
び付けて、Superlumina-Real（超光速 - 現実的）や Superlumina-
Realove（超光速 - リアルラブ）や Active-Ki-Information（アク
ティブ - 気 - インフォメーション）、Quantum-Fallin'Love（量子
- フォーリン・ラブ）などのポエティック・ランゲージの新造
語を創造するのは、ノースビーチで会った彼の影響による。

　ちなみに「バック・トゥ・ザ・フューチャー」の主役だっ
たマイケル・J・フォックスは、SF ノースビーチで巨大スピー
カーからロックギターを大音響で掻き鳴らしていたのを、コッ

ポラ監督やスピルバーグ監督が聞きつけ大笑いしていたところに彼が現われ、彼のムービースター向きなルックスとキャラを見て、主役に抜擢されたそうだ。

映画の中でも、過去にタイムトラベルした彼がチャック・ベリーのジョニー・B・グッドのステージに現われ、オールドロックでなく、ギンギンのヘビーメタルなロックギター 🎸 ソロを弾きまくり、誰もが口を開け呆気にとられるシーンが面白く描かれている。また、ドクのエキセントリックなキャラクターはジャック・サルファティ博士自身の未来科学を先取りした生き様とまさに呼応していると言えるだろう。

4. Note for Mr. Shig Murao, Co-Manager of Famous City Lights Books at North Beach

サンフランシスコ・ノースビーチの有名なシティライツ書店初代マネージャーだった日系アメリカ人シグ・ムラオ氏への覚え書

シティライツ書店 30 周年である 1983 年の終わり、8 月 28 日に当時のガールフレンドとトリエステカフェに立ち寄ったところ、偶然にもシグ氏とニーリ・チャーコフスキー（ノースビーチの詩人でファリンゲッティ氏やチャールズ・ブコフスキーの自伝作家）が一緒に来ているところに出くわした。

1 時間ほど彼と話すことができたのだが、シグ氏は日系二世だったので日本語が非常に達者であった（日本語で話せたのは

本当に有り難かった)。何を話したのであろう。彼はとにもかくにもシティライツ創立以来23年もの間チーフ・マネージャーを務め続けた、いわば詩人ファリンゲッティ氏の作家生活の影の功労者とも言える人であった。なので「今は観光客相手の店でしかなくなった」と言っていたけれど、まだまだ店の佇まいの隅々に彼の時代に培われてきたものが残されていることは誰もが認めるところであろう。

シグ氏は九州薩摩の特攻隊の飛行場のある町の出身なので、シリコンアイランドとして未来的になりつつある九州の変貌ぶりについて話した。また、「甥がMBA(経営学修士号)を取りましてねえ」と日本人として誇らしげに言った。帰国後、ビジネスで知り合ったホノルルの元ハワイ大学教授でエンジニア会社社長の事務所に、亡くなった宇宙飛行士の鬼塚さんの大きな写真が誇らしげに飾られていたことを思い出す。

僕が「将来、京都に都市灯東書店、シティライツイースト書店のようなブックショップを設立したいので、最も苦しかったことを教えてくれ。なぜなら楽しかったことを聞くよりも、最も苦しかったことをちゃんと聞いておくほうが最も将来において役立つに違いないと思うから」とシティライツ時代のことについて聞くと、シグ氏は「苦しいと言えることなんか何にもなかったよ。ただ友達の詩人や小説家や画家たちと楽しく和気あいあいと、儲けのことなんか考えることもなくやっていただけだよ」とスッと答えてくれた。

彼が病気から立ち直り、ファリンゲッティ氏と議論の末、結局、シティライツの3分の1である彼の持ち株を売ってシティ

ライツ書店の歴史から離れてしまうわけだが、彼とファリンゲッティ氏との問題（事実、ファリンゲッティ氏は彼に、今までと同じサラリーを払うけれどもチーフ・マネージャーという大きな権限は降りてくれ的な話をしたらしい）の核心は、いわば名をなした詩人の評判や利益、財産へのちょっとしたこだわりと、シグ氏の強いボヘミアリズムやシンプルに経営をただ続けたい意思なり首尾一貫した生き様の衝突が、時代性の変化も伴って少し変化しただけだったようだ。

　ギンズバーグ氏の仲直りのための努力もむなしく、ファリンゲッティ氏とギンズバーグ氏の仲の良さはマスコミの1つの神話づくりの延長なり大げさな記事によるもので、シグ氏は本当のビートたちとは特別に接近した存在でないようなことも話してくれた。むしろ、ニーリもギンズバーグ氏がノースビーチに来るときはシグ氏のアパートに宿を取ると言っていたように、ファリンゲッティ氏よりシグ氏のほうがギンズバーグ氏とは今でも旧知の仲であると語っていた。

　彼の状況への見解は、ほぼビートポエット・グレゴリー・コーソ氏が言っていた観光地化とビッグビジネスによる大幅な妥協とか、とにかくトータルに時代は変わったという一言において、ほとんど同じようなものだった。自分自身のトラブルについて話すことを避けたのは、23年間シティライツを守ってきた彼が「苦しいことなんて1つもなかった」と言うのに、若い自分のトラブルについてなど話せるわけがないからだ。

　ファリンゲッティ氏と出会ったときには、彼の「I have to work」というラストワードが耳に残った。シグ氏の場合は、

35

彼が再び病気（糖尿病）などで杖をついていたので体を気遣うような言葉をかけ、「あなたに会えて本当に嬉しかった。私の本当に会いたかったのは50年代、60年代のサンフランシスコの歴史に深く関わってきた人間たちである」と感銘を込めて言うと、「現代はもっときびしい時代だよ。お前はまだ日本人だな」と戒められたことが印象に残った。「センチメンタルやエモーションにただ浸っている時代ではないのだよ」という意味だったのであろうか？

　ともかくシグ氏もZEN（禅）とは家系ごと深い関わりにあり、シンプルな話ではあったが、「最終的目的は、それが無目的なことである」とか「至楽は無楽」などの東洋哲学的言葉を彷彿させるような、無用な力はスッカリ抜いてただ生存していること、それ自身によってそれ自身が完結していること、言い換えれば、一種の孤立無援のブレない生き方が問題だとあっけらかんと言われていた気がしてならない。

　若さ一本やりの情熱は極力抑えて、淡々とやっていくこと……それでいいんだよ……ただそれだけで……そんなイメージの残像をぼんやりと私の内部に残してしまった。

ノースビーチの「トリエステカフェ」にて。左端がチャールズ・ブコフスキーの自伝作家で詩人のニーリ・チャーコフスキー氏、右端がシティライツ書店の初代マネージャーだったシグ・ムラオ氏。

A NOTE FOR MIND, MATTER, COSMIC-CONSCIOUS-AI-POETIC & DIGITAL-NATURE & CYBERNETIC

マインド、マター、宇宙意識（情報）- AI - ポエティックとデジタル・ネイチャー、サイバネティックに関する覚え書

　AI は、現在の段階では人間の計算力や目の動きや手の動きを高度に代替するテクノロジーの域を大きく超えてはいないと思われるが、宇宙意識（宇宙情報）と接続され一体となることにおいて、人間と生物とロボットと大自然と大宇宙は調和するだろう。

　それは、落合陽一の言うデジタル - ネイチャーが、西洋文明の言語ゲームを超越する認識を孕んだ東洋文明の感性を端緒としたイノベーションになるはずだという考えと呼応する。

　また、グレゴリー・ベイトソンのエコロジー・オブ・マインドとメタ・プログラミング、ジョン・C・リリィのイルカたちの非言語的知性、デヴィッド・ボームのマシニックかつ宇宙意識的なホロムーブメントにおけるクオリア、ティモシー・リアリーのコンピューターによる人間のインテリジェンス／センシビリティの拡張マインドミラーなどにも関連してくるだろう。

　意外なことに、ここにはサイバネティクスを西洋文明の自然科学的な文脈だけで分析する行為の限界が露呈していると思われる。なぜなら、アーティフィシャル・インテリジェンス、宇宙意識（宇宙情報）、ポエティック（美的感性）は決して不可

分ではなく、深いメディテーション的なダイメンションにおいて1つのものになるに違いないからである。

　仏教の悟りや縁起ネットワークだけでなく、コンピューター、AIを用いたホログラフィックでユニバーサルな関係性による物質と物質との大宇宙のネットワーク情報としても、記述可能となるであろう。　そして、そこでは人間と生物とロボットと大自然と大宇宙が縁起の情報ネットワークの大海の中で溶け合っているであろう。

BILL EVANS AT DOUTOR COFFEE

ドトールのビル・エバンス

僕はチープシックなジョークが好きだ。
でも
「ドトールのビル・エバンス」ってタイトルは
チープシックなジョークじゃない。
30年以上前
サンフランシスコにまだあった
ジャズハウス「キーストンコーナー」で
死ぬ直前だったビル・エバンスを
聴いたことを思い出してしまうからだ。
スターバックスに押され気味の
200円コーヒーのコストリーダーシップで
集客力を誇るドトールコーヒーで
リリカルなビル・エバンスの
「ワルツ・フォー・デビィ」を
聴くのが好きだ。
僕はそのコンサート半ばで
帰ってしまった。
当時、貧乏留学生だった僕は
ノースビーチのシティライツ書店に
寄った後、何回もキーストンコーナーの店の前で
ただで？ライブコンサートを聴いていた。

40

金がないので入れなかったのだ。
やがてラスト20分ぐらいになると
いつもカーリーヘアの美しい店のスタッフの女性と
ブラックのいかついが優しいブラックボディガードが
帰り出す客のためにドアを開けるとき
独りぼっちで貧乏そうなオリエンタルに
同情してか中に入れてくれた。
「ヘイメーン！カミーン！」
だからいつも僕は最もスウィング!?している
最高のところからジャズ・ミュージシャンの演奏を
聴いていたってわけだ!!
　（たぶん僕は最後20分に店に入れてもらった回数が約20回
の記録保持者だ!?）
ところが最初からチケットを買って
半分聴いただけで後半を聴かずに
帰ったのは
ビル・エバンスだけだ！

「まるで今にも死んでしまいそうな
センシティブな弾き方でもう
胸がいっぱいいっぱいで
これ以上聴くこともない。」

　（僕は彼がバラードを演奏していたとき、不思議な美しい風景
を見ていた。話が長くなり過ぎるのですべては書けないが、そ

れは僕が生まれて初めて見た美しい原風景だった。湖の上に
映ったお月様が波間に一瞬一瞬揺れてパープルアメジストのコ
スミックな煌めきをキラキラキラキラと永遠に放ち続けていく
ように思われた。）

なぜか納得して
店を立ち去っていた。
数週間後、ビル・エバンスが亡くなったと聞いた。
病気のことは知らなかった。
人間死ぬ気でプレイしているとき
感動させる「気」を発していると知った。
ドトールはチープシックネスで
スターバックスとは趣が違っている。
でも君にもさりげなくビル・エバンスの
リリシズムがよく似合う。
スターバックスやタリーズコーヒーが
アメリカの本場の雰囲気を
醸し出すためおしゃれなジャズを
BGMでファッショナブルにかける中
押され気味の君にもビル・エバンスが
やさしくしみわたる。

カフェは単なるファッションじゃない。
どんな階層の人にも愛され
くつろがせ、1日の疲れをいやし、

そこから、何か新しい文化を
生み出すところなんだ。
フランスのカフェだって
実際チープシックだ！
200円くらいのエスプレッソ１杯で
１日中いたっていい庶民の味方だ!!
　（実際、仲の良かったパリジャン女性がドトールは
フランスのカフェに似ていると言っていた。）
日本文化のもてなし、茶の文化の伝統が
セルフサービスのチープシックカフェに
あるとは言えないかもしれないが……。

僕はチープシックなジョークが好きだ。
バカバカしいだじゃれは
気分をホッとさせる。
吉本流に「おまえアホやろ！」
と言われても自分自身を
笑い続けている
ようなだじゃれが
今でも好きだ。
　（NYのウディ・アレンのジョークに
どこか似たところがあると思う。）
僕が子供時代大阪で
育ったからかもしれない。
でも

ドトールのビル・エバンスは
スターバックスに対抗しよう
などという
チープシックなジョークではない。
このチープシックなカフェで
200円のレモンティを
飲みながら
僕のような
無名の１人の男が
ビル・エバンスの
最後のインプロビゼーションの
背中を思い出す。
本当に
最高に
輝いていた
ミュージシャンの
背中
だった。

ドトールや
ワルツ・フォー・デビィの
いと寂し

木屋町や
ミューズのサティが

いと寂し

フランソワ
コクトーの耳は
貝の殻

Starbucks's Nirvana Garden
スターバックスのニルヴァーナガーデン

スターバックスの
ニルヴァーナガーデンは
最高だ!!

カフェラッテと
スコーンは美味いし
かわいい女の子が
わんさかいる。
パラダイスって結局
幻想だって誰かが
言ってたけど
お気軽な日常
330円のカフェラッテの
快楽のパラダイスを
誰が笑えるだろう？
僕はこの日本の古都の片隅で
アームチェアーに座った
POP哲学者の顔して
ブリティッシュパンクロッカーたちの
先輩のハゲ頭が載った（ザ・フーのピート・タウンゼント）
マガジンを眺めて

笑っている。
「MY GENERATION!?」
「オレたちの世代！」って
60 年代に唄ってから半世紀以上も
R&R した奴
50 年以上も体制に
不適応な人生を
楽しんできたなんて
やってくれるよ！
あんたは今でも
Real R&R Boy だ！

スターバックスの
ニルヴァーナガーデンで
カフェと Music は
手をつないでいくらしい？
ミュージックダウンロードが
今は流行りだ。
クラブ JAZZ サウンドの
スターバックス
ヨーロピアン クラッシックの
スターバックス
コンテンポラリー ヒップホップの
スターバックス
お気軽なグローバル

インターネットチャットのように
お気軽なユートピア。

瞬間の儚さを
忘却させてくれる
日常にある
お気軽ユートピア
マインド内部にある
お気軽パラダイスを
誰が笑えるっていうのか？

人々の会話の余韻と
Music のバイブレーションと
スタッフの声、カプチーノ
マシーンのサウンドが
フイに
スペースレス
タイムレスの
生成の瞬間の
「場」へ
僕をいざなっていく。

〈間〉

スターバックスの
ニルヴァーナガーデンでは
枯山水のホログラフィックユニバースも
ヒマラヤ奥のシャングリラも
イマジンすることもなく
一瞬に
僕をエンライテン
させる。

この
スターバックスの
ニルヴァーナガーデンに
座っていさえすれば。

NOT ONLY STEVE JOBS, EVERYBODY IS A JOYFUL CREATIVE AGENT!

スティーブ・ジョブズだけじゃない、誰もがジョイフルなクリエイティブ・エイジェントだ！

SUPER-PRESENT WALKING MEDITATION (for walking) Part 1.

歩きながらする約15分のメディテーションのための詩　その1

Good Morning!

Good Morning!

Good Morning!

Good Morning!

How Are You Doing Today Everybody?

How are you?

I hope everybody is fine.

　　　　　everybody is good.

　　　　　everybody is OK!

Everybody is doing well.

Everybody is leading a nice and beautiful life

I really hope so.

Even some of you are Down.

Don't worry be happy! And

Don't worry be Crappy too!

This "Don't worry be Crappy! " is

a little funny word.

This is Guy Kawasaki's word.

He is a famous Japanese American.

Because

He had a personal connection with Steve Jobs.

He is the technology evangelist for Apple.

In other words,

He is a Top Advertizing Person for Apple.

(and Technology Society)

He does Excellent and Funny Speech.

I like his speech a lot.

This Don't worry be Crappy means

Don't be afraid to make mistakes a lot of times.

Many many times to make mistakes a lot of times

Change to A Big Success.

So Don't worry be Crappy!

In other words,

The more we challenge a lot of times,

The more we make mistakes a lot of times.

So Don't worry be Crappy!

I like this word a lot.

Anyway,

I am Pretty Good.

I am Pretty Good as always.

Because

I am living

Right Here

Right Now

In the Present.

(I said)

I am Pretty Good.

I am Pretty Good as always.

Because

I am living

Right Here

Right Now

In the Present.

But

This Present is not only vocaburary or alphabet. P.r.e.s.e.n.t.

Not only word or phrase. P.r.e.s.e.n.t.

Not only Grammatical Time Tense.

The PAST, PRESENT and FUTURE's PRESENT. P.r.e.s.e.n.t.

It is, in other words,

SUPER-PRESENT, SUPER-PRESENT.

Why I say SUPER-PRESENT.

Many many times,

We are just living in the PAST,

We are just living in the PAST Experience and

PAST Knowledge.

Not

RIGHT HERE

RIGHT NOW

In the PRESENT.

If we are living in the SUPER-PRESENT,

Every Moment becomes Amazing Brand New Moment!

Every Moment becomes Amazing Brand New Moment!

Every Moment is So Fresh So Fresh!

Every Moment is So Different So Different!

Every Moment is Never Happen Before, Never Happen Before!

Every Moment is the First time, the First time!

Every Moment is Nice and Beautiful, Nice and Beautiful!

Every Moment is A Surprise, A Surprise!

Every Moment is like a Miracle, like a Miracle!

Every Moment is like a Magic, like a Magic!

OH!

Look at the AMAZING BRAND NEW MORNING SUNSHINE!

Look at the AMAZING BRAND NEW MORNING SUNSHINE!

That's not Yesterday's BRAND NEW MORNING SUNSHINE!

Not BRAND NEW MORNING SUNSHINE One Week Ago

One Month Ago

One Year Ago!

That's BRAND NEW MORNING SUNSHINE!

That's BRAND NEW MORNING SUNSHINE!

BRAND NEW MORNING!

BRAND NEW MORNING!

BRAND NEW MOMENT!

BRAND NEW MOMENT!

Look at the Green on Green on Green!

That's AMAZING BRAND NEW GREEN LEAVES!

AMAZING BRAND NEW GREEN PLANT!

AMAZING BRAND NEW GREEN FOREST!

AMAZING BRAND NEW GREEN MOUNTAIN!

AMAZING BRAND NEW GREEN NATURE!

BRAND NEW GREEN NATURE!

BRAND NEW GREEN MORNING!

BRAND NEW GREEN MOMENT!

BRAND NEW MORNING!

BRAND NEW MOMENT!

Look at the AMAZING BRAND NEW RED!

BRAND NEW WHITE!

BRAND NEW BLUE!

BRAND NEW PURPLE!

BRAND NEW YELLOW!

BRAND NEW PINK!

BRAND NEW ORANGE!

That's

BRAND NEW COLORS of NATURES!

BRAND NEW COLORS of FLOWERS!

BRAND NEW MORNING!

BRAND NEW MOMENT!

BRAND NEW MOMENT!

Even Station, Cafe, Restaurant, City Hall

Even People walking on the pavement with COLORFUL FASH-ON!

Even Clouds Flowing in the Sky!

Even the Galaxy, Andromeda, Mars, Moon

Even Shooting Stars!

Even Cells, Molecules, small Particles, small small Elementary

Particles,or

Quark,

The Micro and Macro Landscape.

That's AMAZING BRAND NEW Micro and Macro Landscape!

That's AMAZING BRAND NEW City Landscape!

That's AMAZING BRAND NEW Daily Life Landscape!

It is Joyful and Beatific!

It is Joyful and Beatific!

Because

We can feel

We are the part of Cosmic Waves!

We are the part of Cosmic Mind!

We are the part of Cosmic Unconsciousness!

We are the part of Holographic-Mandala-Mind-of-The-Universe!

We are the part of the Holographic Universe!

The Whole is the Part, the Part is the Whole.

Our consciousness is no limit.

Our consciousness is here there and everywhere.

Our consciousness is all over the world.

Our consciousness is all over the Universe.

Our consciousness is FLOWING, FLOWING, FLOWING,

FLOWING and

Melting into

the Cosmic Unconscious-Information.

Like a Dew in the Pacific Ocean.

Like a Dew in the Pacific Ocean.

Imagine that! Imagine that!

Because

Every Moment is So Fresh and Different!

Every Moment is Amazing Brand New Moment!

Every Moment is Amazing Brand New Creative Moment!

Every Moment is Born and Born and Born and Born and

Again and Again and Again and Again.

Every Moment is Born and Born and Born and Born and

Again and Again and Again and Again.

Every Life is also Born and Born and Born and Born and

Again and Again and Again and Again.

Every Life is Born and Born and Born and Born and

Again and Again and Again and Again.

Everything is also Born and Born and Born and Born and

Again and Again and Again and Again.

Everything is Born and Born and Born and Born and

Again and Again and Again and Again.

There is no absolute OBJECTIVE WORLD!

There is just SUBJECTIVE-OBJECTIVE-ECOLOGICAL-WORLD!

So

Every Moment is CORRELATING with Every Moment.

Every Life is CORRELATING with Every Life.

Everything is CORRELATING with Everything.

Every Moment is CREATING with Every Moment.

Every Life is CREATING with Every Life.

Everything is CREATING with Everything.

We are also CREATING Every Moment!

We are CREATING this SPACE and TIME and REALITY!

We are CREATING this REALITY!

We are CREATING this WORLD!

We are CREATING this Universe!

You are CREATING!

You are CREATING!

EVERYBODY is CREATING Every Moment!

EVERYBODY is CREATING this SPACE and TIME!

EVERYBODY is CREATING this REALITY!

EVERYBODY is CREATING this WORLD!

EVERYBODY is CREATING this UNIVERSE!

EVERYBODY is CREATING!

So
EVERYBODY is a JOYFUL CREATIVE AGENT!
EVERYBODY is a JOYFUL CREATIVE AGENT!

Not Only STEVE JOBS
Not Only STEVE JOBS
OK STEVE JOBS was so CREATIVE and VISIONARY!
Many say
He could see the FUTURE!
He could predict the FUTURE!
May be True!
He could see the FUTURE!
He could predict the FUTURE!
He was deeply influenced by Japanese Zen Culture.
He was deeply influenced by Japanese Zen Philosophy.
He does MEDITATION.
He does MEDITATION.
He had Special INSIGHT.
He had Special INTUITION.

He was just the JOYFUL CREATIVE AGENT!
He was just the JOYFUL CREATIVE AGENT!

But

Not Only STEVE JOBS!

Not Only STEVE JOBS!

EVERYBODY is a JOYFUL CREATIVE AGENT!

EVERYBODY is a JOYFUL CREATIVE AGENT!

EVERYBODY is a JOYFUL CREATIVE AGENT!

Because

Every Moment is Amazing Brand New Joyful Creative Moment!

Every Moment is Amazing Brand New Creative AHA! Moment!

EVERYBODY is CREATING Every Moment!

EVERYBODY is CREATING this SPACE and TIME!

EVERYBODY is CREATING this REALITY!

EVERYBODY is CREATING this WORLD!

EVERYBODY is CREATING this UNIVERSE!

So

EVERYBODY CAN CHANGE THE WORLD!

EVERYBODY CAN CHANGE THE WORLD!

EVERYBODY CAN CHANGE THE WORLD!

EVERYBODY CAN MAKE A DENT IN THIS UNIVERSE!

EVERYBODY CAN MAKE A DENT IN THIS UNIVERSE!

EVERY LIFE CAN CHANGE THE WORLD!

EVERY LIFE CAN CHANGE THE WORLD!

EVERY LIFE CAN CHANGE THE WORLD!

EVERY LIFE CAN MAKE A DENT IN THIS UNIVERSE!

EVERY LIFE CAN MAKE A DENT IN THIS UNIVERSE!

WE CAN CHANGE THE WORLD!

WE CAN CHANGE THE WORLD!

WE CAN CHANGE THE WORLD!

WE CAN MAKE A DENT IN THIS UNIVERSE!

WE CAN MAKE A DENT IN THIS UNIVERSE!

IF WE ARE LIVING IN

RIGHT HERE

RIGHT NOW

IN THE SUPER-PRESENT,

EVERYBODY CAN MAKE IT!!

Thank You So Much.

That's About It.

THANK YOU!!

映画「ぼくは明日、昨日のきみとデートする」で主演の福士蒼汰さんと小松菜奈さんが渡っていた京都三条白川上流に架かる古い小橋(もっこ橋)

SUPER-PRESENT WALKING MEDITATION (for walking) Part 2.

歩きながらする約15分のメディテーションのための詩　その2

It is a great pleasure to be invited this beautiful and traditional and
Futuristic and Cyber City XYZ!
I know here is not XYZ City.
I like this town 's City landscape. This town's Morning
Atmosphere,
This town's Nature and People's Smile.

It is also a great pleasure to speak in front of such a beautiful and
Distinguished Audience like you.
to speak on"Human Creativity and the 21st Century".
Especially,
The Subject Given to me by the Organizer of this Forum is
"APPLE'S CEO STEVE JOBS, HIS CREATIVITY AND
JAPANESES CULTURE　AND UNKNOWN REALITY".
I like this Subject.
This Subject is Wide and Deep. Also
POP and PHILOSOPHYCAL!
I never spoke out or finished about this Subject.
I never lost the INTEREST and CURIOSITY about this.
My CURIOSITY about this Subject is always becoming
Bigger and Bigger and Bigger and Bigger.

As you know,

The **CURIOSITY** is the Mother of **INVENTION**.

The **CURIOSITY** is the Mother of **INNOVATION**.

The **CURIOSITY** is the Mother of **CREATIVITY**.

So

Just Keep Your **CURIOSITY** about **EVERYTHING!**

Just Keep Your **CURIOSITY** about **EVERYTHING!**

If so

You Can Be All the Time, a **JOYFUL CREATIVE AGENT.**

You Can Be All the Time, a **JOYFUL CREATIVE AGENT.**

Not Only **STEVE JOBS!**

Not Only **STEVE JOBS!**

EVERYBODY EVERYBODY is a **JOYFUL CREATIVE AGENT!**

EVERYBODY is a **JOYFUL CREATIVE AGENT!**

EVERYBODY is a **JOYFUL CREATIVE AGENT!**

Because

Every Moment is Amazing Brand New Joyful Creative Moment!

Every Moment is Amazing Brand New Creative AHA! Moment!

EVERYBODY is **CREATING** Every Moment!

EVERYBODY is **CREATING** this **SPACE** and **TIME!**

EVERYBODY is CREATING this REALITY!
EVERYBODY is CREATING this WORLD!
EVERYBODY is CREATING this UNIVERSE!

So
EVERYBODY CAN CHANGE THE WORLD!
EVERYBODY CAN CHANGE THE WORLD!
EVERYBODY CAN CHANGE THE WORLD!
EVERYBODY CAN MAKE A DENT IN THIS UNIVERSE!
EVERYBODY CAN MAKE A DENT IN THIS UNIVERSE!

EVERY LIFE CAN CHANGE THE WORLD!
EVERY LIFE CAN CHANGE THE WORLD!
EVERY LIFE CAN CHANGE THE WORLD!
EVERY LIFE CAN MAKE A DENT IN THIS UNIVERSE!
EVERY LIFE CAN MAKE A DENT IN THIS UNIVERSE!

WE CAN CHANGE THE WORLD!
WE CAN CHANGE THE WORLD!
WE CAN CHANGE THE WORLD!
WE CAN MAKE A DENT IN THIS UNIVERSE!
WE CAN MAKE A DENT IN THIS UNIVERSE!

IF WE ARE LIVING IN
RIGHT HERE

RIGHT NOW
IN THE SUPER-PRESENT,

EVERYBODY CAN MAKE IT!!

Thank You So Much.
THANK YOU!!

THANK YOU SIR!

スティーブ・ジョブズも好きだっただろう京都・祇園白河べりの夜桜

Meditation on One Tatami
畳一畳の上のメディテーション

畳一畳の上のメディテーション
それがおまえだ
おまえの一生だ。

（時に、その畳が日本になり世界になり宇宙になり
大自然になり家族になり友になり人々になり街角になり
音楽になり映像になりアートになりテクノになり文化になり
フリーダムになり天国になり地獄になりラブになり慈悲になり
神話になり花々になり一億分の一秒になり
一億光年の彼方になりミクロの中のミクロになり
広大無辺の広場になり限りなく続く砂漠になり
澄み渡った色彩の風となり死の透けて見える光線となり
一瞬に歓喜する生命となり沈黙に消滅する沈黙となり
言語がむしろ言語でなくなる地点で
おまえが只のゼロとなり——）

——そしていつもどおり古都の雑踏を歩くおまえとなり——

OBSERVER-OBSERVED
観測するものは観測されるものと一体

君は僕で
僕は君
オブザーバー - オブザーブド。

僕はワイザツなストリート !?
ワイザツなストリートは僕 !? オブザーバー - オブザーブド。

君はワイザツな都市の天使 !?
ワイザツな都市の天使は君 !?
オブザーバー - オブザーブド。

ワイザツなのは私たちじゃなく世界がワイザツなのよ。

君はトワイライトの無限の神話そのもの
トワイライトの無限の神話そのものは君
オブザーバー - オブザーブド。

君はバラより ❀ 赤い
バラより ❀ 赤いのは君
オブザーバー - オブザーブド。

君は銀河系のタイムトラベラー
銀河系のタイムトラベラーは君
オブザーバー - オブザーブド。

君は空の蒼さそのもの
空の蒼さそのものは君
オブザーバー - オブザーブド。

君はタイムワープした金星の妖精
タイムワープした金星の妖精は君
オブザーバー - オブザーブド。

ワイザツなのは私たちじゃなく世界がワイザツなのよ。

君は大宇宙の LOVE そのもの
大宇宙の LOVE そのものは君
オブザーバー - オブザーブド。

僕は宇宙のさざ波になった仏
宇宙のさざ波になった仏は僕
オブザーバー - オブザーブド。

僕らはふたつでひとつの大宇宙のパラダイスの住人
ふたつでひとつの大宇宙のパラダイスの住人は僕ら
オブザーバー - オブザーブド。

君は仏
僕は仏
みんなが仏
大宇宙じゅう、みんなが仏
オブザーバー - オブザーブド。

僕らは今ここにあるパラダイスの住人
僕らは今ここにあるパラダイスの住人
僕らは今ここにあるパラダイスの住人
オブザーバー - オブザーブド。

ANDY NO WAR HOWL !

アンディ、NO WAR!!（非戦）って吠えるんだ!!

ウォーホルは ZEN だった（カラッポだった）。
ウォーホルは有名になりたかった（セレブリティになりたかった）。
ウォーホルは金持ちになりたかった（サインするアーティストになりたかった）。
ウォーホルはダリのようなハッタリがなかったが、巨匠になりたかった。そして 60th ウォーホルはシルバーのかつらを被った時から "POP ARTIST" になった。

パンク・スピリットな永遠のミューズ PATTI SMITH
ナチュラルなフレンチシック JANE BIRKIN
NY ガーリーシーンのゴッドマザー KIM GORDON
根っからの音楽小僧 HEDI SLIMANE
HEDI SLIMANE とスタイルを共有する AIR
DIOR HOMME のスーツが似合う DAFT PUNK
スキャンダラスなポップスター MADONNA
変幻自在な妖精ディーバ BJORK
個性派ミュージシャンの衣装を手掛ける JEREMY SCOTT
NY の若手ミュージシャンを繋ぐ UNITED BAMBOO
ベルリン発のデザイナー兼バンドトリオ CHICKS ON SPEED
エレクトロクラッシュのパフォーマンス集団 FISCHERS POONER

ファッションも音楽ミックス感覚で DJ AURORE
NY のインデイペンデント・アーティストが集まったバンド
BLACK DICE
注目の２大インデイペンデント・レーベル DFA & A TOUCH
of GLASS
秘密組織？　ダークサイド・ミュージシャン ANGEL BLOOD
スタイリッシュなガールズバンド W. I. T.
HEDI SLIMANE と最も近しいバンド PHOENIX
すべてのモード音楽はここから発信される COLETTE
ロンドン出身のレコードマニア・デザイナー KIM JONES
ステージ衣装はハードロックで DAVID BOWIE
ファッションセレブと親交の深い PRIMAL SCREAM
現役 80th アイコン BLONDIE
サムライ世界市民坂本龍一 SUMURAI WORLD CITIZEN Dr.
RYUICHI SAKAMOTO

ANDY NO WAR HOWL!?
　アンディ、NO WAR!!（非戦）って吠えるんだ !!
ANDY NO WAR HOWL!?
　アンディ、NO WAR!!（非戦）って吠えるんだ !!
ANDY NO WAR HOWL!?
　アンディ、NO WAR!!（非戦）って吠えるんだ !!
ANDY NO WAR HOWL!?
　アンディ、NO WAR!!（非戦）って吠えるんだ !!

ANDY NO WAR HOWL!?

　アンディ、**NO WAR!!**（非戦）って吠えるんだ!!

ANDY NO WAR HOWL!?

　アンディ、**NO WAR!!**（非戦）って吠えるんだ!!

ANDY NO WAR HOWL!?

　アンディ、**NO WAR!!**（非戦）って吠えるんだ!!

Faster-Than-Light-Speed-Concert
超光速音楽会

超光速音楽会では
演奏者もリスナーも関係なく
誰もがみえないサークルの
　　　　　みえない座席の上に
　　　　　みえない存在と非存在の
　　　　　あわいに
　　　　　振動し続ける
ただ今ここにいることが
　　　　　動的静　静的動なる
　　　　　瞑想であり同時に
　　　　　エクスタシーである
　　　　　原初の無と無限の
　　　　　あわいに
　　　　　大宇宙が大沈黙し続けているあいだ

シンセサイザーなどというケチなものはない
民族楽器などという手軽なものもない
時間／空間などという乗り物もない
チケットなどというものもない
特別席などというものもない
クラッシック、ニューウェイブなどというものもない

古代的、未来的などというものもない
　　　　在るのは
「私」と「君」のあわいに
スペクトルさえ消滅した後の
　　　　振動し続ける
　　　　ダンスだけだ
一心不乱に舞うもの
一心不乱に酔うもの
一心不乱にプレイするもの
一心不乱にただもうメイクラブするもの
一心不乱にただもう沈思黙考するもの
一心不乱に愛しあい
　　　　慈しみあうものすべては
「超光速音楽会」にすでに参加し
　　　　振動し続ける
　　　　微細な翼を持った
　　　　天使たちだ。

PATTI SMITH between MARX and FREUD

マルクスとフロイトのはざまのパテイ・スミス

博士号候補のアンドレアのバークレーの本だらけの部屋で
マルクスとフロイトの間に
2冊のパテイ・スミス詩集を見つけた。

（2冊あるから1つあげるというので、1冊は今でも
僕の京都の部屋の本棚に並んでいる。）

JAPAN、KYOTO に PATTI SMITH の詩集『BABEL』も
粋ではなかろうか。

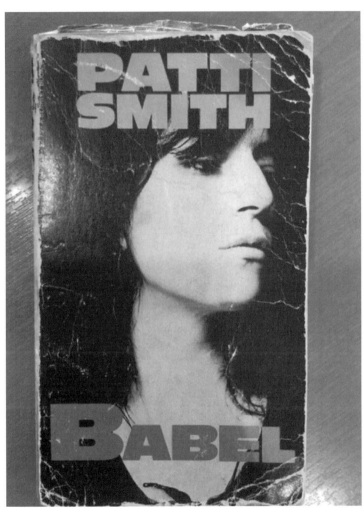
ボロボロのパティ・スミス詩集『BABEL』

The Memory of SHAKESPEARE & Co, The Cat & Dog AND Mr. George Whitman Okina

シェイクスピア & カンパニーのネコと犬とジョージ・ホイットマン翁への覚え書（1987 年 9 月 29 日火曜、若き日の記録）

今夜も PM10:00 過ぎ、SHAKESPEARE & Co へ立ち寄ったがジョージ・ホイットマン翁はおらず、帰りにどうやら SHAKESPEARE & Co に住みついたらしいネコとホイットマン翁の代わりにシェイクハンドして帰った。

こないだ 5 月、テキスタイルの国際展示会でパリへ立ち寄った時は、ファリンゲッティ翁が書いてくれた地図と〈ジョージ・ホイットマン〉と書かれたメモを見せると、私のほうから何も言わないのに「君にベッドをあげよう！」と 10 個ぐらいあるかと思われる鍵の束をシェイクハンドの後にくれたものだ。

私は「今回は仕事で来たので全く時間がないんです」と言って 2、3 分で店を出た。「SHAKESPEARE & Co はみんなのコミューンです」というジョージ・ホイットマン翁のヴォイスが残ったものだ。

そういえば犬のバンダービルの大きな耳をひっくり返すことがいつもの私の楽しみだったのに、今日はもう姿を消してしまい少しさびしい思いがしたものだ。

それにしても行く度に奥のほうの柱に飾られたアレンの写真やアラゴン氏、ラングトン・ヒューズ氏の顔とサインを眺めたものだが、とりわけジョージ・ホイットマン翁とファリンゲッ

ティ翁の2人が並んでいるSHAKESPEARE & Co正面の2枚とサンフランシスコ、CITY LIGHTS正面の1枚の合計3枚の写真は、いくら姉妹店といっても非常に考えさせられるものがある。非常に仲がクロスな証拠だ。

　2人とも年老いたものだ。今は亡きシルビア・ビーチさんは、パウンドやヘミングウェイやジョイスの良き相談役であり世話をした人であったが、ジョージ・ホイットマン翁は、たしかファリンゲッティ翁とは自分の妹の学生時代（コロンビア大時代）の友人とかで非常に永い付き合いであり、しかも戦後ビートジェネレーションの多くのメンバーがSHAKESPEARE & Coに滞在したこともあり、ローストジェネレーションよりむしろ50年代から60年代にかけてのビートジェネレーションに強い繋がりがあるように思われる。

　あの店内の3枚の写真には妙に考えさせられた。私が初めてパリスに来たときの思い出がよみがえり、ジーンとしてしまうところがある。

　若きヘミングウェイは新聞記者時代に、ジョン・アンダーソンからエズラ・パウンド宛てと、ガートルード・スタイン宛てと、そして最後にSHAKESPEARE & Coの設立者であるシルビア・ビーチの3人に宛てて紹介状をもらい、アメリカからパリスへ渡ってきたのだ。その時は全く無名の20代前半の若者であった。

　私の場合は、ファリンゲッティ翁からネバダのスナイダー氏へ翻訳者を探すための紹介状とSHAKESPEARE & Coへの手書きの地図とジョージ・ホイットマン翁の名前を書いたメモを持たせてもらい、ヨーロッパへ渡った。まだ26歳だった。パス

を使って夜行列車でロンドンからギリシャまで、そしてイタリア、ドイツを経て、北はスウェーデン、デンマーク、そしてパリスに２カ月滞在した。

あれから４年足らずの年月が流れた。1984 年、日本へ帰国した年に第一詩集『LEAPING FROM THE SPIRAL DANCING SCREEN（スパイラル・ダンシング・スクリーンを飛躍しながら）』を８月 25 日に出版して以来、本当なら第２詩集『√ −1 √無 TRANS IMAGISTIC』を 86 年初めに、第３詩集『PLANET PARTICLE AGE（天体粒子時代）』を 87 年初めに出版するはずが、１冊も出版していない。ただ例外は 1986 年 12 月の英字雑誌「KYOTO JOURNAL 創刊号」に「SYNERGISM-FUSION-RAP-CUT-UP-MONTAGE-BOOTS-STRAP-POETRY」という私自身の詩の中でもかなり奇怪な詩が、ボツになった「コスモポリタンマニフェスト」の代わりに出版されてしまうということがあっただけである。従って未だに一般人には全く知られていない。

今や「SYNERGISM-POETRY（シナジズム詩）」は世界革新詩の文脈から見て１つの秘教的な地下水脈となって潜在し続けつつ駆け巡り続けるという形態を取っているのである。そして私は 29 歳のとき、本とレコードを捨てた。

ソルボンヌや SHAKESPEARE & Co の辺り、そうパリスの LEFT BANK をこよなく愛す私は、このシュールレアリズムと本物のアバンガルドの多く生まれた土地に来るたび、あたかも巡礼の旅の必ず立ち寄らなくてはならないルーツの如く、あの SHAKESPEARE & Co に来たものだ。ジェイムス・ジョイスの初版を枕に、シルビア・ビーチ記念ライブラリーですやすやと

眠りに就くことは私の大きな夢の1つなのである。

　モーニングオーレとクロワツサンはすぐ南のカルチェ・ラタンにあるソルボンヌ大の広場のカフェで、そして夜更けには、あのパウンドやジョイスやヘンリー・ミラーもよく立ち寄ったというSHAKESPEARE & Coでアートの魂の1つ1つに触れるのが私のフェイバリットなのである。最後に、ジョージ・ホイットマン翁に長生きしてもらうことを願ってこのエッセイを終えよう。

FOR MR. GEORGE WHITMAN-OKINA
ジョージ・ホイットマン翁様

**I'm sorry that I couldn't sleep with the PILLOW OF THE FIRST
EDITION's JAMES JOYCE in your Bookstore.
PARIS IS NOT ONLY FOR MONALISA,
BUT ALSO FOR SHAKESPEARE & CO.**
ジェームス・ジョイスの初版を枕にあなたの書店で眠ることができなくて残念でした。パリスはモナリサのためだけでなく、シェイクスピア & カンパニーのためにある。

　第4詩集は、あえて無限方向へ超光速で空中分解し、SAMPLING RHETORIC NOTE（詩）というジャンルを放棄するであろう。グローバルエイジへ本当の意味でのLEAP!!へと跳び出すときになるであろう。1987.9〜1991のSUPERLUMINA-REALISTIC（超光速にリアル）へ続くことになる。

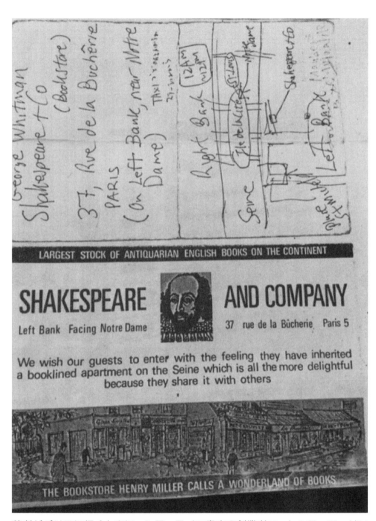

著者がパリに行くときに、シティライツ書店の創業者ローレンス・ファリンゲッティ翁が SHAKESPEARE & Co のカードに書いてくれた手書きの地図。最近火災があったノートルダム寺院のすぐ近く。

Two prose for Taruho Inagaki & Seigo Matsuoka
京都伏見にいた稲垣足穂翁と松岡正剛氏へ贈る２つのプローズ

1. For the Spectre of the Twilight object
トワイライトオブジェのスペクトル群のために

「すべてが消え去った」が現れだした星月夜の色彩でない

〈無〉の素粒子の色彩の古都

脳髄の奥底にまで響く宇宙螺旋構造の相似律閃光

夢想された点滅する生命風景の波が無限の彼方へと

吸い込まれていく、１つの臨界点上、その内面と外面の間の

ブラインド・スポット、存在しないように存在する不確実コス

ミックダンス

この世では非存在存在である異次元の時空の門

未来の記憶の側から透視される空間的時間

流動し続ける色彩でない〈無〉のスペクトル群

花粉と花粉のかすれ会い

シティ・エロティシズムの妙

かすかな静寂

ドリームのドリーム

迷宮の迷宮

神秘的なる記憶

ロジック・セクションのすきま

座標消滅広場の出会い

君とも君とも君とも君とも君とも
君とも君とも君とも君とも君とも
この〈無〉座標広場の噴水の前
その音でない音の永劫の歴史の水しぶきの渦の中
ドラマでないドラマのもはや天国と地獄の区別のない場所
何をどう演じるのもよいし何をどう演じないもよい神と乞食と
同時に
演じるもよい、「永遠への希望の糸が消え去った」が現れだし
たメインストリート、それ自身がそれ自身で、不完全完全、非
連続連続、ブライトサイズ・シンボルライフ、大都の祭りの後
のイヴニングの雑踏、その迷路の迷路の断層の孤独の
ジョイ、時空ビジネス路地裏カフェから眺められた点滅するト
ワイライト・オブジェの
スペクトル群

2. A HUGE MOON IN MY ROOM
稲垣足穂に贈る部屋の中に巨大なお月さんを見つけた話

ある晩
僕は
1つのお月さんを
部屋の中に見つけた
そのお月さんは
とても巨大で

なぜか
いつも僕に沈黙させる
というよりも
沈黙している時空間の方が
あたりまえなんだと
いうことを
大宇宙空間へ
出なくとも
思い起こさせてくれた

「アア なんて
ありがたい
お月様なんだろう」
〈**VERY COMFORTABLE**〉になった
と手を合わせようと
ただ座っていると
お月さんだけじゃなくて
観ている僕のほうも
あのエナジー無尽蔵にあふれた
太陽さんのように自ら膨張してきて
非存在－存在へと
希薄になり
巨大で精妙なる
渦巻き流動し続ける
大宇宙意識の

波打ち際のさざ波に
包まれる想い
実は大宇宙の子宮のひだ
おかあさんの羊水の
その内部の
巨大なる海に
ただ独り
ひっそりと なのに
限りなくしあわせに満ちた気分で
ただ存在しているだけ
「お月さんどうもありがとう **THANKS A LOT**
僕は 今晩
　　　　　ただ存在することが
　　　　　　　　　　こんなにありがたい」

LOVE IS TIMELESS, TIMELESS BIRD

ラヴ・イズ・タイムレス、タイムレス・バード

TIMELESS ACTION

TIMELESS DADA TRAIN, ETERNITY IS

TIMELESS, TIMELESS EVOLUTION

TIMELESS SENSATION

TIMELESS COMMUNICATION, INFINITY IS

TIMELESS, TIMELESS GIFT, MOMENT IS

TIMELESS, TIMELESS LOVE & DEATH

TIMELESS EROS & THANATOS

TIMELESS MORNING & EVENING

      CREATION IS NONSTOP

TIMELESS INPROVIZATION

TIMELESS HISTORY

TIMELESS SCIENCE

     & MYSTICAL WORLD

SKY IS TIMELESS

     TIMELESS SPACE

LOVE IS TIMELESS

     TIMELESS BIRD

HAS NO LIMIT.

PACHINKO-SAMURAI-MEDITATION
パチンコ - サムライ - メディテーション

For Mr. Richard Brautigan, Tokyo Diary, June 30th
ブローティガンに捧ぐ

I feel wonderful, exhilarated, child-like,

perfect.

すばらしく、元気が出てきて、子供になったみたいな、
文句なしの気分だ

I just won one big Nintendo Pikachu and a Space Shuttle model.
大型任天堂ピカチュー人形１つ、スペースシャトル模型１台を
僕はせしめたのだ

What more could anymore ask for on Jan 4th,

　　　　2019 in Kyoto.

2019 年 1 月 4 日京都で
人はこれ以上のものを望めるだろうか？

I played the game of pachinko-meditation!?

vertical pinball

僕はパチンコ - メディテーション
垂直型ピンボール

の勝負をしたのだ。

My blade was sharp
僕の刀は実際、よく切れた

（**so that**）
I can feel a huge Beatific feeling from every little thing.
どんなに日常のささいなことからでも
最高のビーティフィック（至福）を
感じ取れるほど
よく切れた

It was just like a pachinko-samurai-meditation
まさにパチンコ - サムライ - メディテーションだった。

The Specialist of Death
スペシャリスト・オブ・デス

デジ／アナ POP 哲学
不確実性の内部に現れたミュータントたち
次元のスライス
時間の止まったベッド
モンタージュライフの破片
〈無〉の交差点
私は死のスペシャリストにはなれない
と悟った。

DIGITAL/ANALOG-POP-PHILOSOPHY

MUTANT SOULS APPEARED

INSIDE UNCERTAIN HISTORY

SLICE OF DIMENSION

TIMELESS BED

SEGMENTS OF MONTAGE LIFE

INTERSECTION OF NOTHINGNESS

I ENLIGHTENED

THE IMPOSSIBILITY

OF

BECOMING

THE SPECIALIST OF

DEATH

AN UNUSUAL POETIC IN THE MORNING
今日最初の逸脱のポエティック

１つの MORNING
いつもの道を
いつもの道と違うように曲がる

今日最初の逸脱の道
ブライアン・イーノの音が
京都の裏道の風景とよく溶け合う

今日最初の逸脱の空間
腕に絡まる iPhone の針が
ダリの時計のように〈超〉自然ベクトルに曲がる

今日最初の逸脱の時間
青白くほのかに輝く鉱物の影
起き抜けのアメリカンコーヒーが美味い日常的至福だ

今日最初の逸脱の BEATITUDE !!
衣・食・住・セックス・自己実現
ライフ・モンタージュの洪水、まばゆいほどの光と色彩さえあ
れば!!　今日最初の逸脱の POETIC

A Note for Cosmic-Conscious-AI-Poetic
宇宙意識 – AI – ポエティックへの覚え書

FROM BEATIFIC to PARADISE HERE AND NOW
今ここにあるビーティフィックから、今ここにあるパラダイスへ

　人工知能、AI、脳科学、ディープラーニング、バイオテックなどが流行りだ。人工知能を持ったコンピューターが人間の知能を追い越す日が近いという。

　しかし、これらについてやや違った角度のポイント・オブ・ビューもあるのではないだろうか？

　脳科学自体がまだ学問的に初期段階、実際ブレインの5％も解明できていないような段階なのに、高度な段階であると錯覚させることが多いと見られる。実際、現在の AI の段階はバクテリアレベルであると言っている外国人開発者もいる。

　人間の現在の知性のレベル自体、200 年後の世界の人々から見れば、原始レベルと思われるかもしれない。現時点のインターネットカルチャーでさえも。

　つまり、宇宙意識（宇宙的知性）へとパーセプションのドアがまだ開かれていない。人間のブレインの開発自体が十分進んでいないのが科学の現状だ。

　従って、コンピューターが人間を追い越すとか考えるよりも、ケンブリッジの哲学者 C.D. ブロード（ブロードが古い哲学者だから過小評価したい方には、脳のホログラフィック理論）が

いうように、我々が未だごく一部しか取り込めていないコスミックインフォメーションを使える研究を進めるほうが先決だし、正しい方向だと思われる。

現在の AI の目標は現在の人間の知性と同等のことができることがその 1 つになっているが、「直観」が究極的には大宇宙の情報すべてを含んでいるのなら、その内的テクノロジー「INNER TECHNOLOGY」を同時により深く磨くことが重要になってくる。

東洋的に言えば、メディテーション的トレーニングを西洋的 AI の知性レベルを高めることとともに、同時に行じて掛け算的に（相乗効果的に）高めていくことが意味を持つのではと考えられるのである。

つまり、人間の直観と大宇宙の直観的インフォメーションについてより理解を深めることのほうが、現時点の人間の知性に人工知能が追いつくことを心配するより先行するべき問題ではないだろうか？

「色即是空」という言葉には、「縁起」つまり遅延波エントロピックな過去からの現在、未来へ流れる因果律の直線的時間と、先進波シントロピックな未来から現在、過去へと流れる共時的かつ、遅延波と量子フォーリンラブ的に高次に融合してしまう時間の流れの 2 つを超越するビジョンがあると思われる。

従って、現在の AI 研究も INCOMPLETE（不完全、不十分）で全体的でなく、部分的な探求になってしまっているのではないかと思われるのである。単に、過去から現在へと発展してきた人工知能研究の双曲線を辿るだけなら、片手落ちでないだろ

うか？

　ただ、介護用 AI 内蔵ロボットなど実用性の高い AI 技術は、現時点においても重要かつ意味ある段階に来ていると思われるが。そこから、より全体的総合的な人間と機械とロボットと人工知能の共生による高次の文化の成熟に向かって未来を再発明していくことが必要となるのではないだろうか？

AFTERWORD
後書きに代えた覚え書のようなノート

A Note for "PARADISE HERE AND NOW" On Seeing The 100% Perfect Girl One Beautiful April Morning
4月のある晴れた朝に100パーセントの女の子に出会うことについてのパラダイスに関する一考察

　村上春樹さんの短編集『カンガルー日和』に入っている「4月のある晴れた朝に100パーセントの女の子に出会うことについて」は、村上春樹さんが満員の山手線の車内で見たある広告ポスターのモデルになっていた女の子に理不尽なくらい激しく惹かれた経験から、彼の言葉によると「本当に運命的な出会い」を感じたことが基になっている（この短編では、100%の女の子と花屋さんの前の路上でただ一瞬すれ違っただけになっているが）とのこと。

　海外でも数々の賞を受賞した長編『1Q84』も、この10ページに満たない短編から元々派生したという。村上春樹さんはかなりミュージック、特にジャズ好きだから「一瞬のインプロビゼーションの色彩やサウンド」や「50m先から見た100パーセントの女の子の面影から感じるビーティフィック（至福）」のパラダイスを毎日の日常のささやかな一瞬からも感じているのだろう。

　車内ポスターのモデルの女の子を見たことからも、偉大な小

説や作品が生まれるのだ。そして、世界中の人がその作品を読んで、その感覚を共有している。あ？この主人公は自分のことだと。

　ここにも「今ここにあるパラダイス」があるかもしれない。
　我々の日常においても、満員電車で隣り合った女の子に「たった一瞬の恋」をする大人の男性たち（女性たち）がいたっておかしくはない。それはここ、そこ、いたるところにある都市の神話のストーリー。我々は意識のさらに奥深くにある無意識のトンネルの奥から、無限に広がる大宇宙の大海をその一見小さな日常の体験の中に見ているのではないだろうか？
　おめでたいパラダイスに思われるかもしれないが、そこにも「今ここにあるパラダイス」はあるに違いない。
　朝、バス停や駅まで歩く道でiPodやiPhoneなどでフェイバリットな音楽を聴いているとき、世界は平和で「今ここにあるパラダイス」を感じている。

道端の花に
芭蕉のように、

よく見れば
薺（なずな）花咲く
垣根かな

と感じてスマホでシャッターオンし、
インスタにセットした一瞬に、

昨日、自殺しようとしてした人も
「今ここにあるパラダイス」の住人になっているかも
しれない。

（人間は何でもない小さなことからも「感動する心」を持っている。これはAIが未だ持ちえない美的感性だろう。）

　自伝的映画「ライ麦畑の反逆児」でサリンジャーは戦争体験によるトラウマから気が狂わないためメディテーションしながら『ライ麦畑でつかまえて』を戦中、戦後も書き続けた。戦争の最中にも『彼がライ麦畑でつかまえて』を一心不乱にフロー状態になって書き続けている瞬間瞬間に、彼自身の「今ここにあるパラダイス」は（戦争中というリアリティを超えて）存在していたかもしれない。「今ここにあるパラダイス」は通常の時空間を超えて存在しているようだ。

　我々が全体性から出発し、「大宇宙と１つである生命体」として大自然と、動物たちと、植物たちと、ロボットたちと、テクノロジーと、人工知能たちと、サイバネティックな共存シナジーを生きるなら、「今ここにあるパラダイス」はいたるところに姿を現すだろう。
　部分にこだわる考えからは対立やパラドックスを本質的に解

決し超えることはできないであろう。また、文化の多様性や共存をはかることはできないであろう。我々に今必要なのは、真の美的感受性であり、真の覚醒であり、科学とテクノロジーとアートと文化の総合による「未来の再発明」だ。

　最後にもう１つ詩を贈ろう。

Banana paradise
バナナパラダイスの詩

朝
僕は
１本の
バナナを
食べながら
歩きだす。
すると
不思議な
ことに

空が
バナナ色に
染まり
大宇宙も

バナナ色に
染まって
いった。

この世はまさに
バナナパラダイスだった!?

ヨッシャー!?
神様は今日も
僕の
味方を
してくれ
ている
と
僕は

思った。

どうもありがとう。
Thank you Sir！